www.tredition.de

AF204038

Eveline Bauer

Laluma oder Den Donner macht Pahu

Verfasst 2015/2016

Eveline Bauer

Laluma oder Den Donner macht Pahu

www.tredition.de

© 2020 Eveline Bauer

Verlag & Druck: tredition GmbH, Halenreie 40-44, 22359 Hamburg

ISBN
Paperback: 978-3-347-06560-4
Hardcover: 978-3-347-06561-1
e-Book: 978-3-347-06562-8

Bibliografische Information der Deutschen Nationalbibliothek:
Die Deutsche Nationalbibliothek verzeichnet diese Publikation in der Deutschen Nationalbibliografie; detaillierte bibliografische Daten sind im Internet über http://dnb.dnb.de abrufbar.

Prolog

Der Ort, von dem ihre Seelen einst gekommen waren, war pure Liebe. Im Laufe der Zeit war diese Erinnerung unter den Menschen in Vergessenheit geraten.

Sie waren selbst Geschöpfe aus reiner Liebe. Aber sie konnten diese Liebe nicht mehr spüren. Denn die Menschen hörten schon lange nicht mehr auf ihre Herzen. Sie folgten ihrem Verstand. Den Ruf ihrer Sehnsucht vernahmen sie alle. Er wurde immer lauter, doch verhallte er jedes Mal und tief in ihnen blieb eine große Leere.

Einen gab es, der einen Widerhall wahrnahm. Das Echo wurde so vehement, dass er nicht anders konnte, als sich auf die Suche nach seinem Ursprung zu machen. Er war entschlossen, zu finden, was da in Resonanz mit ihren Seelen stand und was den Menschen womöglich die Erlösung bringen würde.

Paul war voller Hoffnung.

Laluma oder Den Donner macht Pahu

Laluma blickte hinüber zu Paul. Ihre Gefährten nannten ihn Hoaloha, was so viel wie „Freund" bedeutete. Gemächlich schritten sie Seite an Seite den Weg entlang, der sich um das Dorf des kleinen Volkes schlang. Sie war eine Tochter dieses Stammes und sie war eine schöne Frau. Ihre Haut schimmerte haselnussbraun und ihr schwarzes, glänzendes Haar fiel über die Schultern bis hinunter auf ihre Hüften. Diese waren ebenso wohlgeformt wie ihre Brüste, die lediglich von einem Tuch umwickelt und von einem üppigen Blumenkranz bedeckt waren. Eine besonders leuchtende Blüte lugte hinter ihrem Ohr hervor. Laluma war die schönste Frau, die Paul jemals gesehen hatte. Nicht allein ihr Antlitz war es, das ihn so sehr berauschte, sondern vielmehr ihre Ausstrahlung, die er sogar mit verbundenen Augen gespürt hätte. Ihre Schönheit stieg aus ihrer Seele empor und sie offenbarte sich in ihren braunen Augen, aus denen goldene Funken zu sprühen schienen. Bei ihrem Anblick durchflutete Paul eine wärmende Welle der Liebe und Geborgenheit.

„Du versetzt uns in Staunen. Kaum ein Fremder drang bisher bis in unser kleines Reich vor, obgleich die großen Schiffe wieder und wieder ihren Anker vor unserer Insel auswerfen. Viele Menschen klettern dabei über die Leitern hinab in die Boote, die man zuvor zu Wasser ließ, und mit diesen bringt man sie herüber zu unserer Insel. Sie streifen ihren Fußschutz ab und laufen barfuß am Strand im funkelnden Sand umher. Einige zieht dieser Ort offensichtlich in ihren Bann. Sie entfernen sich von den anderen und tasten sich weiter vor in das Innere der Insel. Doch sie kehren meist schnell wieder zu ihren Gefährten zurück. Die Fremden entzünden ein Feuer und über dessen Flamme braten sie Fische. Sie sitzen um die Feuerstelle unter den Palmen, essen und trinken und manchmal singen und tanzen sie sogar. Häufig gesellen sich Männer unseres Volkes zu ihnen und heitern sie auf mit den Melodien ihrer Ukulele und dem Rhythmus ihrer Trommeln. Unsere jungen Mädchen hängen den Frauen zur Begrüßung bunte Blütenkränze, die sie zuvor aus farbenprächtigen Blüten geflochten haben, um den Hals und deren Freude darüber ist jedes Mal groß. Als Zeichen ihres Dankes reichen die Fremden unseren Brüdern und Schwestern meist Münzen. Diese anzunehmen stünde jedoch nicht im Einklang mit unserem Ehrenkodex. Es bereitet uns Freude, den Menschen ein Lächeln auf ihr Gesicht zu zaubern, und ihr Herz berührt zu haben ist für uns der größte Dank. Denn einige der Fremden haben auf ihrem Weg offensichtlich die Gabe verloren, die Schönheit zu erkennen in allem, was ist. Sie blicken gequält und ihre Gesichtszüge wirken so, als seien sie versteinert. Ihr Anblick erschreckt uns und wir werden traurig darüber, dass ihre Seele nicht frei fliegen darf. Es ist, als sei sie lebendig begraben, und das spiegelt sich in ihrem Blick wider, der keinerlei Lebensfreude erkennen lässt. Umso größer ist unser Gefühl des Glücks, wenn diese Menschen unsere Insel fröhlich und mit einem Leuchten in den Augen wieder verlassen."

„Warum lehnt ihr dieses Geschenk ab?" Paul stand die Verblüffung über das selbstlose Verhalten dieser ungewöhnlichen Menschen ins Gesicht geschrieben. „Vielleicht könnten die Münzen eines Tages von Nutzen für euch sein."

„Was sollten wir damit tun?", antwortete Laluma empört. „Wir benötigen sie nicht. Die Besucher unserer Insel begrüßen wir von Herzen gerne. Zudem wird sich alles im Leben einmal ausgleichen. Daran glauben wir. Spätestens am Ende unserer Tage wird alles in Balance gekommen sein. Unser Verhalten und Gebaren kehrt wie ein Bumerang zu uns zurück. Manchmal geschieht dies umgehend, manchmal erst zu einem späteren Zeitpunkt. Dabei fliegt er nicht immer aus der Richtung auf uns zu, in die wir ihn zuvor geworfen haben. Sein Weg ist unergründlich und häufig nimmt er Umwege, deren Sinn uns zunächst verborgen bleibt. So bemühen wir uns, stets freundlich und hilfsbereit zu jedermann zu sein, und genauso möchten doch auch wir selbst gerne behandelt werden. Warum sollten wir andere Menschen benachteiligen oder ihnen gar Leid zufügen wollen?" Laluma legte eine kurze Pause ein, bevor sie weitersprach. „Nun sage mir, Paul: Was hat dich dazu bewogen, weiter in den Wald hineinzugehen und bis zu unserem Volk vorzudringen?"

Paul blieb stehen und hielt inne. Auf der grasbewachsenen Böschung, die das obere

Waldstück mit dem Dorf verband, ließ er sich schließlich nieder. Laluma tat es ihm gleich und so saßen sie eine Weile nebeneinander, ohne dass ein Wort über ihre Lippen kam. Ihr Blick fiel hinunter auf die mit Palmblättern bedeckten Hütten des Dorfes, das in ein schmales Tal des dschungelartigen Waldes gebettet war. Sattgrün war die einzige Farbe, die ringsum auszumachen war. Lediglich das leuchtende Rot der Ohiabaumblüten blitzte hin und wieder aus dem Dickicht hervor und in einiger Entfernung sah man einen Wasserfall ins Tal hinunterstürzen. Die Wucht des Wasserstrahles drängte vereinzelte Tropfen zur Seite und die einfallenden Sonnenstrahlen ließen diese goldfarben schimmernd in der Luft tanzen, wie den Zauberstaub einer Elfe, den Paul in den Erzählungen seiner Kindheit immer so geliebt hatte. In der Mitte des Dorfes gab es einen Brunnen, um den sich Männer und Frauen des liebenden Volkes, wie Paul die Bewohner nannte, versammelt hatten. Sie waren gerade in ein Gespräch vertieft.

Paul setzte mehrmals zum Sprechen an, aber er brachte kein Wort heraus. Sein Atem wurde immer schneller und Laluma beobachtete, wie er mit den Fingern Löcher in die Erde bohrte, um diese gleich wieder zu stopfen. Am Ende schlug er jedes Mal mit der Faust auf die entsprechende Stelle, um sie wieder dem Erdboden gleichzumachen. Er schien eine große Wut in sich zu tragen. Die beiden verweilten in Stille, während sie den ekstatischen Gesang der Vögel vernahmen, die hoch über ihnen in den Bäumen thronten. Nur von fern hörten sie das Lachen und die lauter werdenden Stimmen der Dorfbewohner. Der Gesang der Vögel glich einer Symphonie.

Paul atmete tief ein, um schließlich mit einem lauten Seufzer alle Luft aus seinem Körper auszustoßen. Endlich begann er zu sprechen. „In unserer Welt fern eurer Insel ist das Miteinander der meisten Menschen unpersönlich und lieblos geworden. Früher verlebten die Leute ihre Zeit gerne gemeinsam. Am Abend saßen sie beisammen und jeder berichtete, was er am Tag erlebt hatte. Sie erzählten einander, was ihr Herz bewegte, was ihnen Freude und vielleicht auch Schmerz bereitet hatte. Im Laufe der Zeit fand jedoch ein Wandel statt. Jetzt speist in den Familien am Abend jeder dann, wenn es ihm gerade passt, und die Heranwachsenden verbringen oft viele Stunden alleine in ihrem Zimmer. Auch Nachbarn kommen nur noch selten zusammmen, denn alle verbergen sich hinter verschlossenen Türen in den eigenen vier Wänden. Gute Gespräche mit Tiefgang werden nur noch selten geführt. Gleichgültigkeit herrscht überall und niemand ahnt, was die Seele des anderen gerade fühlt. Sie sind sich so nah und haben sich doch so weit voneinander entfernt."

„Aber Paul, wie ist es denn überhaupt möglich, sich zuversichtlich in den Schlaf zu begeben, ohne zuvor die wohltuende Nähe der anderen gespürt und sich mit ihnen in Liebe ausgetauscht zu haben?" Mit weit aufgerissenen Augen sah Laluma Paul an. Diese Vorstellung erschreckte sie.

„Auch bei der Arbeit begegneten sich die Menschen in früheren Zeiten mit Rücksichtnahme", fuhr Paul fort. „Kollegen unterstützten sich und Vorgesetzte kümmer- ten sich um ihre Mitarbeiter. Sie erkundigten sich nach ihrem Befinden und manchmal sogar nach dem ihrer Angehörigen. Häufig kamen die Besitzer der Betriebe in die Produktionshallen und in die Büros, um ihren Angestellten persönlich für ihren Einsatz zu danken, und dabei schüttelten sie sogar deren Hände. In unserer Kultur ist dies Ausdruck gegenseitigen Wohlwollens und gegenseitiger Wertschätzung."

Paul schaute über das Dorf hinweg auf die gegenüberliegende Seite des Waldes und doch schien es, als blicke er ins Leere. Seine Augen strahlten und die Erinnerung an diese Zeit hatte ein Lächeln auf sein Gesicht gezaubert. Lalumas Herz wurde von einer warmen Welle des Glücks überflutet. Von dem Augenblick an, in dem sie Paul zum ersten Mal begegnet war, hatte sie den großen Schmerz und die Traurigkeit, die in ihm wohnten, gespürt. Diese schienen gerade einem Moment der Freude und des Glücks gewichen zu sein.

„Es ist so schön, wenn die Menschen sich zur Seite stehen", warf sie ein und nickte dabei zustimmend. „Die Vorstellung, es könnte anders sein, fällt mir schwer. Bei uns im Dorf trägt jeder so viel zum Wohl der Gemeinschaft bei, wie es ihm möglich ist.

Wir gehen alle der Arbeit nach, die uns am meisten liegt, aber ab und zu tauschen wir unsere Aufgaben auch untereinander, denn die Freude an dem, was wir tun, soll uns stets erhalten bleiben. Dies gelingt jedoch nur dann, wenn wir uns hin und wieder einer anderen Aufgabe widmen und somit immer inspiriert sowie auch neu herausgefordert werden. Dabei spielt es für uns keine Rolle, wenn nicht alle das gleiche Ergebnis erzielen. Wie sollte das auch möglich sein? Jedem von uns wurden individuelle Fähigkeiten geschenkt und das, was der eine ohne Anstrengung bewerkstelligen kann, mag einen anderen vor eine schwer zu lösende Aufgabe stellen. Wir messen und vergleichen unsere Leistungen nicht. Allerdings ist es Teil unseres Ehrenkodex, sich stets zu bemühen und immer sein Bestes zu geben. Unlust und Trägheit werden nicht geduldet und der ‚Rat der Weisen' gestattet es nur denjenigen, Teil unserer Gemeinschaft zu bleiben, die ihre Fähigkeiten für das Gemeinwohl auch voll und ganz einsetzen."

Paul lauschte Lalumas Worten, während sein Blick unaufhörlich auf den Menschen unten im Dorf ruhte. Inzwischen hatten sie an der großen Feuerstelle eine Flamme entzündet. Alle eilten geschäftig hin und her und es schien, als bereiteten sie emsig ein üppiges Festmahl vor. Laluma hatte nicht erwähnt, dass dieser Tag ein Festtag für ihr Volk war.

„Es öffnet mir das Herz, Laluma, zu sehen, wie es eurem Volk gelingt, eine so gut funktionierende, harmonische Gemeinschaft zu schaffen, diese über längere Zeit zu erhalten und dabei die Persönlichkeit und das Wohlergehen eines jeden zu berücksichtigen. Das ist vermutlich ein schwieriges Unterfangen."

Paul erhob sich und schob seine Hand unter Lalumas Arm. Mit sanftem Druck zog er sie nach oben. Nun standen sie einander direkt gegenüber. Er spürte die wohltuende Ausstrahlung, die von Laluma ausging und die ihn wie eine weiche Wolke umhüllte. Es war, als sei er nach einer langen Irrfahrt endlich zu Hause angekommen. Für einen Moment war er völlig benommen. Als er sich schließlich wieder gefasst hatte, setzten sie ihren Spaziergang fort.

„Oh nein, Paul, warum sollte das schwierig sein? Natürlich müssen wir alle zu unserem eigenen Wohle, aber auch zu dem unserer Mitmenschen handeln. Es gibt immer Brüder oder Schwestern, denen es nicht so gut geht wie uns selbst. Vielleicht sind sie krank oder sie sind alt und schwach und haben im Laufe ihres langen Lebens ihre Energiereserven bereits verbraucht. Nicht nur für sich selbst, sondern auch für andere. Es ist doch die Aufgabe und die Pflicht derjenigen, die noch im Vollbesitz ihrer Kräfte sind, für die Schwächeren unter ihren Mitmenschen Sorge zu tragen. Und ist es nicht auch immer ein Geben und ein Nehmen? Im Gegenzug lassen die Alten ihre Weisheit, zu der sie über all die Zeit hinweg gelangt sind, denen angedeihen, die unwissend und arglos sind und vieles noch nicht zu erkennen und zu erspüren vermögen. Die Alten und Weisen genießen bei unserem Volk ein hohes Ansehen. Mit ihren zahlreichen und vielfältigen Erfahrungen und den daraus gewonnenen Erkenntnissen bewahren sie uns vor mancherlei Dummheiten und womöglich gar vor Unheil."

„Ich habe Mühe, zu glauben, was du schilderst." Paul war erneut stehen geblieben. Er fasste Laluma an den Schultern und rüttelte sie leicht. „Laluma, hast du eigentlich eine Ahnung davon, in welch herrlichem Paradies ihr hier lebt?"

Laluma runzelte die Stirn und wich einen Schritt zurück. Sie vermochte nicht zu erfassen, worauf Paul hinauswollte. Fragend blickte sie ihn an.

„Da, wo ich herkomme, glauben die Menschen, besonders schlau zu sein und außergewöhnlich zivilisiert zu leben, Laluma", fuhr Paul fort. „Alles ist bis ins kleinste Detail durchdacht, alles ist mit strengen Vorschriften geregelt und straff organisiert. Auch wir haben an unserem Arbeitsplatz Aufgaben zu bewältigen. Wird jedoch jemand den Anforderungen nicht gerecht, so kann es geschehen, dass er seinen Arbeitsplatz verliert und das Unternehmen und seine Kollegen verlassen muss. Schwächen zu haben ist von großem Nachteil und sie preiszugeben sollte man tunlichst vermeiden."

Laluma senkte den Blick. Eine Träne lief über ihre Wange und tropfte auf den staubigen Weg.

„Ich wollte es wissen, Laluma. Ich musste wissen, ob nur da, wo ich lebe, derartige Missstände herrschen. Irgendwo auf der Welt geht es noch gerecht und menschenfreundlich zu. Dessen war ich mir sicher. Tief in meinem Inneren konnte ich es spüren und so machte ich mich auf die Suche nach einem solchen Ort. Ich lud all meine Freunde zu einem Abschiedsfest ein und teilte ihnen mein Vorhaben mit." Paul strahlte, während er sprach, und Laluma spürte die Inbrunst, mit der er damals auf sein Ziel zugegangen sein musste.

„,Ich werde den Schlüssel zu dieser verschlossenen Tür finden, seid euch dessen gewiss', sagte ich zu allen in der Runde, ,und wenn ich bis ans Ende der Welt laufen muss!' So machte ich mich voll der Hoffnung auf den Weg, der sich in der Folge jedoch als lang und beschwerlich erwies. Er war geprägt vom Schmerz großer Enttäuschung, tiefer Emotionen und bitterer Erkenntnis. Als ich das vermeintliche Ende dieses Weges erreicht hatte, war meine Kraft aufgezehrt und meine Seele summte schon seit Langem nicht mehr. Stumm war sie geworden und tief in meinem Inneren herrschte eine große Kälte. All meine Gemütsregungen waren zu Eisblumen erstarrt und wenn ich in den Rucksack griff, in den ich vor meiner Reise all mein Vertrauen und all meine Hoffnung als Wegzehrung gepackt hatte, fand ich dort nichts mehr vor."

„Oh Paul, was war geschehen?" Laluma trat dicht an Paul heran. So gerne wollte sie ihn trösten! Erwartungsvoll schaute sie in seine Augen. Diese strahlten Warmherzigkeit aus und zogen Laluma wie ein Sog auf den Grund seiner Seele. Freundlichkeit, Nächstenliebe und Güte strömten ihr entgegen. Im Verborgenen konnte Laluma dort aber auch seine Verwundungen und seine erlittenen Enttäuschungen wahrnehmen. Diese trauten sich nicht, hervorzutreten, denn zu groß war Pauls Furcht davor, erneut verletzt zu werden.

„Willst du mir nicht anvertrauen, was dich so sehr entsetzt hat, Paul? Ich möchte dein Leid gerne teilen. Es ist unserem

Wohlbefinden wenig dienlich, wenn wir uns das, was uns Verdruss bereitet, nicht von der Seele reden. Es betrübt unsere Seele und wenn es zu arg wird, sammelt sich dort zu viel Ballast an, sodass sie sich von diesem ‚Unrat' befreien muss. Das geschieht manchmal auf eine Weise, die für die Mitmenschen unverständlich ist, denn die Betroffenen legen dann oft ein sonderbares Verhalten an den Tag. Bei uns im Dorf sitzen wir in den Vollmondnächten stets gemeinsam ums Feuer herum und erzählen einander, was wir in der vorangegangenen Zeit erlebt haben. Wir berichten, wie wir uns dabei gefühlt haben und auch wie uns jetzt, in der Erinnerung daran, zumute ist. Wir sind sehr achtsam in Bezug auf die Gemütslage unserer Brüder und Schwestern und wenn uns auffällt, dass jemand in sich gekehrt ist, so lädt ihn der Kreis der ‚Wissenden Frauen' zu sich ein. Bei ihnen kann der Betroffene sein Herz ausschütten, ihre absolute Verschwiegenheit ist ihm vollkommen gewiss."

„Wie mitfühlend und weise euer Volk ist, Laluma."

Paul konzentrierte sich wieder auf den Weg. Allmählich wurde der Wald lichter und beim Blick hinauf zu den Baumkronen hatten sie nun freie Sicht zum Himmel, dessen Blau noch klarer und intensiver war als das Blau in Pauls Augen. Niemals zuvor hatte Laluma einen Menschen gesehen, in dessen Augen sich die Farbe des Himmels so leuchtend spiegelte. Mit jedem Schritt tönte das Rauschen der Wellen lauter zu ihnen herüber und die Luft roch nach dem Salz des Meeres, das sich nun in seiner ganzen Weite vor ihnen ausbreitete. Der Pfad führte sie ein Stück am Strand entlang und schlug dann einen Bogen in Richtung des Dorfes, wo er schließlich endete.

Paul und Laluma liefen im feuchten Sand. Die Ausläufer der Wellen umspielten ihre nackten Füße, die kleine neben großen Spuren hinterließen. Flüchtige Spuren nur, denn die heranpeitschenden Wellen ergriffen schnell Besitz von ihnen und innerhalb von Sekunden schien es, als hätte niemals zuvor ein Mensch seinen Fuß auf diesen Sand gesetzt. Paul löste die Knöpfe seines Hemdes, streifte es ab und ließ es auf den heißen Sand hinuntergleiten. Er lief den schäumenden Wellen des Ozeans entgegen. Sie erfassten ihn und rissen ihm ohne jegliche Vorwarnung den Boden unter den Füßen weg. Jauchzend vor Freude vertraute er sich ihnen mit Haut und Haaren an und gestattete ihnen, ihn zu tragen. Seine Jauchzer ließen Laluma erahnen, welch erlösende Wirkung das Wasser auf Paul hatte.

„Komm herein, Laluma, das Wasser ist wunderbar!" Einladend winkte Paul zu ihr herüber. Laluma lachte laut auf. Sie warf ihren Kopf in den Nacken, schloss die Augen und sog genüsslich die Wärme der Sonnenstrahlen in sich auf.

‚Was für ein anmutiges Geschöpf sie doch ist!', durchfuhr es Paul bei ihrem Anblick.

Laluma lief ihm entgegen, um nach einigen Metern abrupt stehen zu bleiben. Die Wellen umspielten ihre Knie und das Wasser war so klar, dass sie das Sonnenlicht wie in einem Spiegel auf dem Meeresboden sehen konnte. Hier lagen Muschelschalen in allen Farben und Formen verstreut, so als seien sie vor langer Zeit in einen tiefen Schlaf gefallen und warteten geduldig darauf, irgendwann einmal ihrer wahren Bestimmung zugeführt zu werden. Schon so oft hatte Laluma dieses Bild gesehen und doch faszinierte es sie immer wieder aufs Neue. Sie tauchte ihre Hand ins Wasser, um nach einem besonders schönen Exemplar zu greifen.

Paul hatte die Korallenbank umrundet und kehrte nun zum Strand zurück. Mit jeder Bewegung schreckte er Fische auf, die sich hier in Schwärmen tummelten und die nun in alle Richtungen auseinanderschnellten. Bunt schillernde Fische waren es, zumeist gelb gestreift, deren leuchtende Farben sich aus dem Türkis des Wassers hervorhoben.

Indes hatte Laluma einige Muschelschalen aufgelesen, die sie sorgsam in ihrem kleinen geflochtenen Beutel verstaute. Dieser hing am Bund ihres Rockes und wippte bei jedem ihrer Schritte, als sie auf einen Felsbrocken zusteuerte. Die Natur hatte ihn all die Zeit vollkommen unberührt gelassen und inmitten der unzählbaren, flüchtigen Sandkörner wirkte er wie ein fest sitzender Anker in der Vergänglichkeit des Seins. Paul setzte sich neben Laluma auf den Stein, um sich von dessen Wärme und der Brise in der Luft trocknen zu lassen.

„Muscheln können Hunderte von Jahren alt werden, Laluma, und es gelingt ihnen, mehrere Menschengenerationen zu überdauern."

„Oh ja, Paul, das ist richtig. Was du sagst, steht im Einklang mit dem Glauben unseres Volkes. Am Tag vor der Nacht ohne Mond machen wir eine Prozession vom Dorf zum Strand. Die Männer tauchen zum Grund des Meeres und suchen nach großen und besonderen Muscheln, die sie dann zur Feuerstelle im Dorf tragen. Während die Bewohner ein liebevoll zubereitetes Festmahl zu sich nehmen, halten einige Brüder und Schwestern die Muscheln ans Ohr und lauschen dem Rauschen in ihrem Inneren. Muscheln sind die Hüter der Geschichten der ganzen Welt, musst du wissen, Paul. Dies wurde unserem Volk seit Beginn der Zeit von den Ahnen überliefert. Es heißt, in der Tiefe der Ozeane kreuzen sich die Wege von Legionen von Meeresbewohnern. Sie alle folgen Routen, die sie zu den entlegensten Winkeln der Erde führen. Dank ihrer hohen Sensibilität sind sie befähigt, die Energien dieser Orte zu erspüren, die sie mittels ihrer feinen, unsichtbaren Antennen in sich aufnehmen. Auf diese Weise tragen sie diese mit sich fort und verstreuen sie über alle Weltmeere. Auch die Muscheln nehmen jene Schwingungen auf und beherbergen sie in ihrem inwendigen Labyrinth aus Kalk. Nun gibt es Brüder und Schwestern unter uns, die eine außergewöhnlich feine Wahrnehmung besitzen. Ihnen wurde die Gabe zuteil, das Rauschen aus dem Inneren der Muscheln zu deuten, denn die Energien dort sind manchmal sehr intensiv. Hin und wieder ist es sogar so, als erzählten die Muscheln ihnen Geschichten. Geschichten von Vorkommnissen, die sich an irgendeinem Ort auf unserer Erdkugel abgespielt haben. Diese Vorkommnisse ereigneten sich manchmal erst kurz zuvor, dann wieder stammen sie aus längst vergangenen Epochen. Daher nennen wir diese Brüder und Schwestern ‚Boten der Zeiten' und während wir anderen um die Feuerstelle sitzen, hören wir ihnen gebannt zu. Muscheln zählen zu den heiligen Symbolen unseres Volkes und mit einer Muschel aus der Hand unseres Oberhauptes ausgezeichnet zu werden ist eine besondere Ehre."

Paul nickte zustimmend. „Was die Ahnen von Generation zu Generation weitergeben, ist meist wahrhaftig, Laluma. Zuweilen konnten ihre Nachfahren dem allerdings keinen Glauben schenken, weil es häufig nicht der gerade vorherrschenden Weltanschauung entsprach. Sie bewerteten es dann als Humbug und viele machten sich darüber lustig. Zu allen Zeiten gab es sogar Menschen, die anderen untersagten, ihren Glauben daran öffentlich kundzutun. Oft stand es unter Strafe und auch heute wird dies bei einigen Völkern noch praktiziert. In den Vorzeiten zeigte sich aber, dass die Richtigkeit vieler alter Überlieferungen doch immer wieder bestätigt werden konnte."

„Aber Paul, was sind denn das für Menschen, die in solcher Weise über die Ahnen urteilen?" Laluma war aufgesprungen. Instinktiv hatte sie schützend ihre Hände über ihren Kopf gelegt und stand Paul nun mit weit geöffnetem Mund gegenüber.

Nach diesem Moment des Entsetzens erklärte sie aus der Tiefe ihrer Seele: „Vielmehr müssen wir ihnen doch Respekt zollen und uns in Demut vor ihnen verneigen. Großen Dank schulden wir unseren Vorfahren dafür, dass sie das Leben seit Beginn der Zeit vor allen Gefahren beschützt haben, dass sie es bewahrt haben und dass sie es einer nach dem anderen ihren Nachkommen wohlwollend übergaben. Nicht alles, woran sie glaubten und wonach sie sich orientierten, kann ein Irrtum gewesen sein. Die Menschheit hätte sonst nicht über einen solch großen Zeitraum hinweg fortbestehen können. In unserem Volk bemühen wir uns stets darum, die Geisteshaltung anderer, auch die unserer Ahnen, aus deren Blickwinkel heraus und unter Berücksichtigung der jeweiligen Bedingungen zu betrachten. Es ist ein bedeutender Aspekt unseres Ehrenkodex, dafür so viel Verständnis wie irgend möglich aufzubringen." Lalumas Stimme gewann zunehmend an Vehemenz. Paul nahm sogar ein Flehen darin wahr.

„Wie echt und wahrhaftig du bist, Laluma! Ich kenne keinen Menschen, der so edel und rein ist wie du!"

Seine Gesichtszüge zeigten dabei keine Regung und Laluma wusste, diese Worte entsprangen direkt aus seinem Herzen. Paul blickte ihr tief in die Augen. Behutsam nahm er ihre Hand und geleitete sie weiter in Richtung Dorf. Es war das erste Mal, dass sie sich berührten, und in diesem Augenblick wurde sich Laluma Pauls Männlichkeit bewusst. Seine Hand in der ihren zu spüren löste ein bislang unbekanntes Gefühl bei ihr aus. Es verursachte ihr einen Stich im Inneren. Einen Schmerz, der sie beinahe zum Weinen brachte. Und doch machte er sie glücklich. Sie wagte es nicht, Paul erneut in die Augen zu sehen.

„Es ist nichts Besonderes an meiner Art, Paul. Alle meine Gefährten denken genauso wie ich und vermutlich fühlen sie auch ebenso." Laluma sprach nun leise und lenkte ihren Blick hinaus auf die Weite des Meeres. Draußen am Horizont berührte das dunkle Blau des Wassers das helle Blau des Himmels und das Flimmern längs dieser Linie ihrer Verschmelzung erinnerte an eine elektrisierende Erregtheit.

Der Weg machte bald eine Biegung und führte die beiden nun vom Strand weg ins Landesinnere. Nach einigen Metern entdeckte Paul im Schutz der Bäume eine steinerne Platte, in die Dutzende Bilder von

Menschen und Schiffen sowie Schriftzeichen eingraviert waren. Es schien, als schilderten sie eine besondere Begebenheit, und zwischen den einzelnen Figuren und Symbolen sah man immer wieder tropfenförmige Abbildungen. Die Tafel war offensichtlich bereits vor langer Zeit errichtet worden, denn an ihren Ecken war sie von Ablagerungen überzogen und sie war umrankt von üppigem Efeu und sattgrünem Moos. Ein kurzer Pfad führte vom Weg ab hin zu diesem Monument, vor dem Gebinde aus Blumen und Zweigen niedergelegt worden waren.

„Welche Bedeutung hat dieser wundersame Ort, Laluma?"

„Dies ist die ‚Stätte der weinenden Herzen und der verlorenen Seelen', Paul."

Direkt neben dem Denkmal stand ein mächtiger Baum, so als hielte er Wache, als beschirmte sein ausgedehntes Astwerk diesen heiligen Ort. Laluma betrat den Pfad. Dabei machte sie sich klein und senkte ihren Kopf, sodass sich ihr Haar nicht im Dickicht der Büsche und Bäume verfangen konnte.

Bei dem Ehrenmal kniete sie nieder und murmelte ein Gebet.

„Es ist eine Gedenkstätte für viele unserer Vorfahren, die vor langer Zeit unter traurigen Umständen sterben mussten", erklärte sie nach einem Moment der Stille. „Unser Volk lebte von jeher unbeschwert und unbehelligt auf dieser Insel. Es hatte eine Kultur der Liebe zu allem, was ist, entwickelt und alle lebten in Harmonie und in gegenseitiger Achtung miteinander. Vor vielen Generationen jedoch kreuzten Fremde mit Schiffen auf und warfen ihre Anker vor unserer Insel aus. Sie kamen an Land und nach einem ersten Beäugen hießen unsere Vorfahren die Fremden willkommen. Sie nahmen sie in ihrer Mitte auf, beherbergten und bewirteten sie herzlich. Doch schon bald wurden sie gewahr, dass diese Menschen nicht in guter Absicht gekommen waren. Sie beraubten unser Volk seiner Schätze und plünderten unsere heiligen Stätten. Auch stellte sich heraus, dass die Fremden Seuchen auf die Insel eingeschleppt hatten, mit denen sich zahlreiche Einheimische ansteckten und die ihnen schließlich den Tod brachten. Die Eindringlinge weigerten sich, die Insel wieder zu verlassen, und so entbrannte ein erbitterter Kampf, der viele Opfer forderte. Damals lag das Dorf hier in diesem Areal, wo das Mahnmal erbaut wurde. Nach dieser schmerzlichen Erfahrung zog sich unser Volk jedoch zum Schutz in das Innere der Insel zurück. So konnte man vom Meer aus nicht mehr ausmachen, dass die Insel bewohnt ist, um so weitere ungebetene Eindringlinge fernzuhalten."

„Ihr habt mein vollstes Mitgefühl für das, was damals passiert ist, Laluma. Es muss ein großer Verlust gewesen sein, der bei den Hinterbliebenen vermutlich einen tiefen Schmerz verursachte. Die Bilder und Zeichen auf dieser Tafel sollen also an dieses grausame Ereignis erinnern?"

„Genauso ist es, Paul. Sie erzählen von dem Leid, das unserem Volk zugefügt wurde, und die Tropfen, die du auf der Tafel siehst, symbolisieren das Blut und die vielen Tränen, die vergossen wurden. Noch heute ist das Gedenken an diese Zeit der Belagerung schmerzhaft für uns. Wir alle vermissen die Brüder und Schwestern, die aufgrund des gewaltsamen Ablebens unserer Vorfahren nicht ihre Nachkommen werden konnten, und wir beten für ihre verwaisten Seelen, die folglich auch nicht in das für sie vorbestimmte irdische Leben eintauchen durften."

Lalumas Lippen bebten und ihre Augen füllten sich mit Tränen. Stumm nahm Paul ihre Hand und streichelte sanft ihren Arm als Ausdruck seiner Anteilnahme.

Nach einer Weile des Schweigens ergriff er schließlich das Wort. „Du hast vor einigen Augenblicken erwähnt, dass ihr mit Muscheln geehrt werdet, Laluma. Wer bekommt eine solche Auszeichnung und wofür?" Paul war erpicht darauf, mehr darüber zu erfahren.

„Immer dann, wenn die Sonne besonders lange am Himmel steht, feiern alle Mädchen und jungen Männer, die in diesem Jahr ihre siebzehnte Blütezeit erleben, das ‚Fest der Reife'", erklärte Laluma bereitwillig. „Dabei werden sie bei einem feierlichen Zeremoniell zum ‚ebenbürtigen Mitglied' unseres Volkes ernannt. Zuvor müssen sie in mehreren Prüfungen nachweisen, die notwendige

Reife sowie die Bereitschaft zu besitzen, sich in unserer Gemeinschaft zum Wohle aller einzubringen und Nächstenliebe zu üben. Nächstenliebe für alle Brüder und Schwestern, aber auch Eigenliebe für sich selbst. Nur wer es vermag, für sich selbst Liebe zu empfinden, ist fähig, dies aus der Tiefe seines Herzes auch für seine Mitmenschen zu tun. Von Kindheit an wurden ihnen die Werte und die Dogmen unseres Volkes vermittelt und bei der Zeremonie legen sie vor dem ‚Rat der Weisen' und im Beisein des ganzen Volkes einen Eid ab. Dieser besagt, dass sie stets nach den Prinzipien unseres Ehrenkodex handeln werden, also stets zum Wohlergehen aller und in Demut gegenüber der Schöpfung. Sie müssen aber auch schwören, die Bedürfnisse ihrer eigenen Seele nicht zu vernachlässigen. Denn wenn sie das Glück in sich selbst spüren, werden sie von innen leuchten, und das wird dann auch wohltuend auf ihre Gefährten wirken. Infolgedessen wird es auch ihre Herzen wärmen und ihre Gemüter erhellen."

Paul schüttelte den Kopf, so als hätte er gerade etwas Unglaubliches vernommen.

„Wo ich herkomme, schenkte man dieser Erkenntnis über Generationen hinweg keinerlei Beachtung. Eine solche Haltung wurde sogar oft missbilligt. Das macht mich traurig, denn unsere Seelen sind nun verdorrt und dabei dursten sie so sehr nach liebevoller Zuwendung. So wie dein Volk handelt, ist es recht. Den Heranwachsenden neben den praktischen und geistigen auch die gesellschaftlichen Lehren sowie Werte der Herzensbildung zu vermitteln ist von großer Bedeutung. Nur wenn sich Körper, Geist und Seele miteinander vereinen, entfaltet sich mehr und mehr das ganze Spektrum und die volle Größe der Persönlichkeit eines Menschen und befähigt ihn, mit sich im Einklang zu stehen. Aus diesem Einklang heraus wird er viele Momente des Glücks erleben und diese Augenblicke werden dann auch zu Momenten des Glücks für seine Mitmenschen."

„Wie wahr, Paul! Das Glück in einem Menschen zu sehen macht einen selbst glücklich, denn wahre Freude wirkt wie ein Virus auf den, der sie im anderen erkennt." Laluma lächelte wissend und nickte dabei.

„Das scheinbar Schwierige ist oft so simpel, nicht wahr, Laluma?"

Paul schaute ihr tief in die Augen und seine Hand umschlang die ihre noch ein wenig fester. Das wilde Hämmern in ihrem Herzen verwirrte Laluma und ihre Wangen erröteten.

„Erzähl mir: Was geschieht bei der Zeremonie zur Beglaubigung der Reife, Laluma?"

„Zu Beginn pilgern die Jungen und Mädchen gemeinsam mit dem ‚Rat der Weisen' hinüber zum Wasserfall. Dieser wird von uns als Ort der Verbindung zur Quelle allen Seins verehrt. Hier werden die Reinheit, die Liebe und der wundersame Zauber dieser Stätte auf sie übertragen. Ich erinnere mich nur zu gut an den Moment, als ich selbst damals am Wasserfall stand. In diesem Augenblick war es mir, als berührte mich das Göttliche." Lalumas Augen glänzten, als sie von diesem Ritual berichtete.

„Nachdem sie wieder im Dorf eingetroffen sind, nimmt Kelii, das Oberhaupt unseres Volkes, den jungen Menschen den Eid ab und die ‚Wissenden

Frauen' segnen sie mit einer Tinktur aus Heilkräutern aus den Gärten der Alten. Anschließend überreicht Kelii jedem der Novizen eine besonders schöne Muschel. Wir alle bekamen am Tag des Eides eine solche Muschel anvertraut und halten sie bis zu unserem letzten Atemzug in Ehren. Wenn sich der Kreis unseres Lebens irgendwann einmal schließt und wir von dieser Erde gehen, lassen unsere Nächsten unsere Asche in das Innere der Muschel rieseln und geben diese auf der anderen Seite der Insel, weit draußen bei der ‚Sandbank der empor-gestiegenen Seelen', dem Meer zurück. Nach dem Überreichen der Muscheln beginnen schließlich die vergnüglichen Stunden der Feier. Wie bereits unsere Vorfahren sitzen wir im Licht der Fackeln um den Stamm des vor Urzeiten gefallenen Baumes und dürfen nun das liebevoll zubereitete Festmahl zu uns nehmen. Einige Gefährten musizieren mit ihren Trommeln und Rasseln. Andere spielen auf der Ukulele und wir tanzen nach ihrer Melodie den Puni. Das ist der traditionelle erzählende Tanz unseres Volkes. Mit ihm möchten wir unsere Gefährten unterhalten, aber er dient auch zur Weitergabe unserer Überlieferungen. Dafür schmücken wir Frauen unsere Taille mit üppigen Girlanden aus dem Laub der Büsche und Bäume und hängen uns bunte Blütenkränze um."

Laluma begann, eine Melodie zu singen, die Paul schon häufiger im Dorf vernommen hatte. Dabei hob sie ihre Arme in die Höhe und mit kleinen Schritten ließ sie abwechselnd rechts und links geschmeidig ihre Hüfte kreisen. Ihr Gesang wurde zunehmend lauter und ihre Bewegungen immer intensiver. Nach einer Weile schien ihr Geist eins zu sein mit ihrem Körper und Paul spürte deutlich das Gefühl der Glückseligkeit, das sie dabei durchströmte.

„Es ist so wohltuend, zu sehen, mit welcher Anmut du dich eurem Tanz hingibst." Paul flüsterte beinahe und nickte zaghaft als Zeichen seiner Bewunderung. In diesen Sekunden waren sie sich so nahe, als stünden sie in der Mitte ihres eigenen Kosmos. Überwältigt von der Hinge-zogenheit zum anderen vermochten sie im Außen nichts weiter wahrzunehmen. Weder das Rauschen der Wellen noch den laustarken Gesang der Vögel hoch oben in den Bäumen und auch nicht das Bellen der

Hündin Awiwi, das vom Dorf herüberschallte.

„Und was hat es mit diesen Muscheln hier auf sich?", fragte Paul nach diesem Moment der Innigkeit. Er deutete auf den Beutel, der noch immer bei jedem ihrer Schritte an Lalumas Oberschenkel wippte. Er erinnerte ihn an den Murmelbeutel seiner Kindheit. Auch er hatte diesen damals stets an seinem Hosenbund befestigt, sodass er beim Umherlaufen unaufhörlich auf und ab gehüpft war. Dabei rieben die Murmeln im Beutel aneinander, was das gleiche Geräusch hervorrief, das in diesem Moment Lalumas Muscheln erklingen ließen. Was für ein vertrautes Geräusch!

Laluma hielt inne. Ihr Blick schweifte zum Dorf, das sie nun fast erreicht hatten. Sie zögerte, als ringe sie mit sich selbst. Schließlich antwortete sie: „Heute ist ein besonderer Tag für unser Volk. Das ist dir vermutlich nicht verborgen geblieben, Paul."

„So ist es, Laluma. Deine Brüder und Schwestern wuseln seit Stunden umher, als stünde ein besonderes Ereignis bevor. Sie schmücken den Dorfplatz mit Fackeln und mit Bouquets aus Blüten und Blättern. Sie schleppen immens große Töpfe zur Feuerstelle. Sie hacken Kräuter, schneiden allerlei Gemüse und füllen Schalen mit buntem Obst. Offensichtlich bereiten sie ein opulentes Mahl vor. Alle wirken so freudig erregt, als gäbe es etwas zu feiern. Sie lachen viel und singen sogar bei der Arbeit."

Laluma schmunzelte und nickte nachdrücklich. „Du bist ein guter Beobachter, Paul. Deine Vermutung ist richtig. Heute Abend wird es im Dorf ein Festessen geben, denn wir feiern die Aufnahme eines neuen Mitgliedes in unser Volk."

Paul blieb stehen. Verdutzt schaute er zu Laluma. „Eurer Gemeinschaft wurde ein Kind geboren? Das ist seltsam. Eine Frau, die ein Kind unter ihrem Herzen trägt, ist mir nicht aufgefallen." Paul formte mit seinen Händen eine große Kugel in der Luft vor seinem Bauch.

„Oh nein, Paul. So ist es nicht." Laluma winkte ab. Sie lachte laut und warf, wie so oft, mit geschlossenen Augen ihren Kopf in den Nacken. Dabei bebten ihre Nasenflügel.

Pauls Seele liebte diese Eigenart von Laluma. Er konnte in diesem Moment nicht anders, als seiner Zuneigung für sie Ausdruck zu verleihen. So streckte er sich, um von einem der Ohiabäume, die inzwischen wieder den Weg säumten, eine tiefrote Blüte zu pflücken. Diese reichte er Laluma und dabei verbeugte er sich lächelnd vor ihr. Mit zitternden Händen nahm sie die Blüte entgegen.

„Das neue Mitglied ist kein echtes Kind unseres Volkes", erklärte Laluma nach einem kurzen Moment des Schweigens. „Damit hat es eine andere Bewandtnis. Das, was uns Brüder und Schwestern von jeher eint, ist unsere Liebe zueinander. Sie gibt uns Halt und schenkt uns das Gefühl von Gemeinschaft und Geborgenheit. Diese innige Verbundenheit zu schützen und zu wahren ist unser oberstes Gebot. Aber auch einem Fremden möchten wir ohne Vorbehalte gegenübertreten und diesen, ungeachtet der damaligen Heimsuchungen, willkommen heißen. Wenn seine Gesinnung mit unserer Sinnesart harmoniert, kann ihm sogar die Aufnahme in unsere Gemeinschaft gewährt werden. Sein Umgang mit allem, was ist, muss im Einklang mit unseren Wertvorstellungen stehen und er muss wahrhaftig sein, das heißt, dieses Bewusstsein muss der Tiefe seiner Seele entspringen. Das alleine ist es, was zählt. Über seinen Beitritt wird mittels einer Abstimmung unter allen ‚ebenbürtigen Mitgliedern' des Volkes entschieden. Fällt dieses Votum zugunsten des Besuchers aus, wird er zum ‚Mitglied in Brüderlichkeit' ernannt. Diese Auszeichnung wird jedoch nur wenigen Menschen zuteil. Ich selbst habe es bisher noch nie erlebt."

„Wie spannend das ist, Laluma!" Paul hing fasziniert an ihren Lippen.

Laluma hielt kurz inne, bevor sie fortfuhr. „Du fragtest, was es mit den Muscheln in meinem Beutel auf sich hat, Paul. Nun, wir alle bergen etwas in uns, für das wir bestimmt sind, etwas, das unser inwendiges Feuer zum Lodern bringt, also etwas, für das wir brennen. Unser Leben wurde uns geschenkt, so glauben wir, um dieser

Bestimmung nachzugehen und damit unserem Lebensweg zu folgen. Dem ‚großen Ganzen' zu dienen ist der tiefere Sinn dabei. Die Kleinsten lassen es unbehelligt aus sich herausfließen und die Älteren erkennen es an der tiefen Berührung, welche die Kinder damit auch in ihnen selbst auslösen. So ermutigen wir sie, ihre Gaben voll zu entfalten, und fördern sie dabei. Später, nach dem ‚Fest der Reife', wird jeder Novize mit einer Aufgabe betraut, die mit seiner Bestimmung im Einklang steht. Für mich wählten meine Gefährten damals das Sammeln der Muscheln. Wie du weißt, dienen sie unserem Glauben zufolge einem geheiligten Zweck. Gemäß den Erzählungen der Ältesten zog es mich stets zu den Muscheln hin und ich hatte früh ein Gespür für ihre Schönheit. Bereits als Mädchen begleitete ich Hokulani bei ihren Streifzügen durch die Bucht. Sie gehörte dem Kreis der ‚Wissenden Frauen' an und zu dieser Zeit hatte sie die Rolle der Muschelsucherin inne. Die älteren meiner Brüder und Schwestern erinnern sich an Figuren, die ich damals voller Hingabe mit den perlmutternen Muscheln in den Sand gelegt haben soll. Es heißt, diese Bilder seien wunderschön gewesen. Sie hätten Motive aus einer Traumwelt gezeigt, aus denen Wellen der Liebe zu meinen Brüdern und Schwestern strömten und bei deren Anblick sie wie entrückt gewesen seien. Sie nennen mich daher auch ‚die, die mit den Muscheln zaubert'."

Laluma errötete bei dem, was sie gerade gesagt hatte, und doch spürte Paul das Ehrgefühl und die Herzensfreude, die sich gerade in ihr breitmachten.

„Dann hast du diese Muscheln vermutlich für die Zeremonie heute Abend gesammelt."

„Ja, Paul. Jedes Mal, wenn ich durch die Bucht schlendere, wandert mein Blick auf dem Meeresboden umher und ich spähe nach besonders schönen Exemplaren. So auch heute, denn für die Ernennung zum ‚Mitglied in Brüderlichkeit' werden viele Muscheln benötigt. Aber nun sollten wir zum Dorf zurückkehren. Das Fest wird bald beginnen und du darfst unter keinen Umständen fehlen."

Lalumas Worte versetzten Paul in Spannung. Bevor er jedoch mehr von ihr darüber erfahren konnte, hatte sie sich bereits auf den Weg gemacht. Awiwi war ihnen vom Dorf aus entgegengelaufen und begrüßte Laluma mit ihrem lauten Gebell. Die Hündin tänzelte vor ihr und wedelte dabei wild mit ihrem braun-weiß gefleckten Schwanz.

Nach wenigen Augenblicken erreichten sie das Dorf. Der Tag neigte sich allmählich seinem Ende entgegen und die untergehende Sonne hatte sich in einen glühenden, goldenen Ball verwandelt. Ihre Strahlen überzogen das ganze Tal mit einem funkelnden Honiggelb und die Farben der Blüten und Blätter wirkten jetzt noch intensiver als zuvor. Einzelne Wolken wurden von unten beschienen und es war, als loderte der Himmel. Darunter gab es ein strahlendes Hellblau und die Kronen der hohen Bäume standen als dunkle Silhouetten im Kontrast dazu. Über allem lag eine wundersame Stimmung.

Laluma lief direkt zu Hokulani. Die beiden Frauen umarmten sich innig. Dabei rieben sie lachend ihre Nasen aneinander. Sie übergab ihrer alten Freundin die Muscheln, die sie zuvor aus dem Meer aufgelesen hatte. Ihre Gefährten warteten bereits sehnsüchtig darauf. Als Zeichen des Respekts für die Greisin verneigte Laluma sich vor Hokulani, um sich dann, ebenso wie Paul, in ihre Hütte zurückzuziehen. Es blieb ihnen nur wenig Zeit bis zum Auftakt der Feier.

Trommelschläge donnerten bald darauf durchs Dorf.

„Bist du bereit, Paul?" rief Laluma, nachdem sie an Pauls Hütte geklopft hatte.

Paul öffnete die Tür. Als suchte er nach der Ursache für den Lärm, eilte sein Blick blitzartig über den Dorfplatz, bis er schließlich an Laluma haften blieb. Ihr Aussehen ließ seinen Atem stocken. Sie war bekleidet mit einem Tuch in einem leuchtenden Orange, das knapp unter ihrem Bauch geknotet war. Der leichte Stoff schmiegte sich sanft um ihre Hüften und Beine und reichte bis hinunter zu ihren Fesseln. Nur ihre nussbraunen Füße lugten darunter hervor. Um den Hals trug sie ihren Blumenkranz und die rote Ohiabaumblüte hatte sie in ihren Bauchnabel gesteckt. Ein

Reif aus grünen Blättern ruhte wie eine Krone auf ihrem Haupt.

„Keine Sorge, Paul. Den Donner macht Pahu. Er ist der Herr über die Trommeln und jedes Mal, wenn wir zu einer ‚Versammlung in voller Zahl' gebeten werden, ruft er uns alle herbei. Zu diesem Zweck hat er auch gerade eben die Trommel geschlagen. Dies war sein Aufruf an alle Brüder und Schwestern, zur Feuerstelle zu kommen. Wir müssen also gehen, denn das Fest beginnt jetzt."

Gemeinsam eilten sie zum Dorfplatz, wo sie sich in die Runde von Lalumas Brüdern und Schwestern eingliederten.

Beim zweiten Schlagen der Trommel schritt Kelii in die Mitte des Kreises. Für einen Moment war es vollkommen still im Tal. Inzwischen war es Nacht geworden. Der Gesang der Vögel war bereits vor einer Weile verstummt. Lediglich das Knistern des Feuers und das entfernte Rauschen des Wasserfalls waren zu vernehmen. Alle harrten der Ansprache ihres Anführers.

Kelii trug einen Lendenrock und Sandalen aus fest verknotetem Bast. Seinen Oberkörper umhüllte eine meerblaue Robe und auf seinem Kopf saß das Gehäuse einer Tutufa. Die Öffnung der Muschel umschloss Keliis Schädel und ihr bizarres Gewinde verjüngte sich nach oben hin immer mehr, bis es schließlich nach zwei Handbreit spitz auslief.

Das Oberhaupt verneigte sich vor seinem Volk und hieß jeden persönlich zur Feier willkommen. Dabei legte es seine Hand auf den Brustkorb seiner Gefährten, genau an die Stelle, hinter der sie den Sitz der Seele vermuteten, und dankte ihnen für ihr Kommen. Den Anfang machte er mit Laluma, die zu Pauls Rechten saß, und beendet wurde die Runde mit Maleko, links neben ihm, den sie zum ,Paten für den Fremdling' erkoren hatten. Dabei reichte Kelii seinen Gefährten eine Schnur, die aus Fasern von Abaca-Blättern gedreht worden war, sowie Lalumas Beutel mit den Muscheln. Die Bewohner hatten deren Schalen inzwischen mit kleinen Löchern versehen. Jeder nahm nun eine Muschel heraus und fädelte sie auf die Schnur auf.

Zum Schluss war Kelii selbst an der Reihe und ergänzte das Band mit dem imposantesten Stück.

Schließlich eröffnete Kelii die Zeremonie, indem er das Wort an Paul richtete. „Mein lieber Hoaloha. Sonne und Mond lösten sich mehrfach ab seit dem Tag, an dem die Vorhersehung dir den Weg zu uns wies. Schon früher drangen Fremde bis in unser Tal vor, aber kaum einer wagte es, sich uns zu nähern. Du dagegen heftetest dich unbeirrbar an die Fersen unserer Männer, nachdem sie in der Bucht für dich und deine Gefährten die Ukulele gespielt hatten. Ihre Fährte wies dir geradewegs die Richtung zu unserem Dorf."

Paul zuckte zusammen, als das Oberhaupt vor ihm stehen blieb und ihn in die Mitte des Dorfplatzes führte. Achselzuckend blickte er zu Laluma, die ihm ermutigend zunickte. Fast stotterte er, als er zu sprechen begann. „Es bedurfte keines Heldentums, lieber Kelii. Meine Reisegefährten riefen mich zurück. Ich aber war ohne Zweifel. Nach meinem schier endlosen Umherirren fand meine Seele auf eurer Insel schließlich die Heilung, nach der sie sich so lange verzehrt hatte. Nirgends sonst fühlte ich mich so zugehörig wie bei euch. Ich verneige mich vor eurer menschlichen Wärme, vor eurer Wahrhaftigkeit und vor eurem alten Wissen. All dies berührt meine Seele zutiefst."

Kelii klopfte Paul lächelnd auf die Schulter. „Auch du schienst uns wohlvertraut. Es war, als sei ein verloren geglaubter Sohn heimgekehrt. Und auch du hattest uns viel zu geben. Wir wissen, wir sind Teil des Universums, und wir fühlen uns verbunden mit allem, was ist. So wissen wir auch um die Welt fern dieser Insel. Ihr Aussehen jedoch konnten wir bisher nur erahnen. Du aber, Paul, durftest ihre mannigfaltigen Gesichter tatsächlich in Augenschein nehmen und du beschriebst sie uns in bunten Bildern. Es ist, als habest du damit die noch fehlende Bohle einer hölzernen Brücke eingefügt und als verbinde dieser Steg uns jetzt endlich mit dem unbekannten Land auf der anderen Seite des Horizontes. Dafür danken wir dir. Wie ein echter Bruder gliedertest du dich in unsere Gemeinschaft ein und wir alle ehren deine Wesensart. So manifestierte sich bei den

Gefährten der Wunsch, dich als ‚Mitglied in Brüderlichkeit' in unsere Familie aufzunehmen. Der ‚Rat der Weisen' berief daraufhin eine Rundfrage ein und die ‚Wissenden Frauen' stimmten dem bejahenden Ergebnis dieses Votums zu. Von jeher sind es die Frauen, die sich mit ihrer Herzensgüte um das Wohl aller Brüder und Schwestern kümmern. Sie sind es, die unsere Seelen mit ihrer Güte besänftigen, wenn diese Not leiden, und sie sind es, die mit ihrer Liebe zur Sippe unsere Verbindungen nähren. Von Anbeginn der Zeit an haben unsere Urmütter ihren Töchtern und Enkeltöchtern diese Fähigkeit, derart tief zu fühlen, vererbt. Wem sonst als den Frauen gebührt es also, bei Fragen, bei denen es um die Menschlichkeit geht, die ausschlaggebende Entscheidung zu treffen?"

Keliis Blick wanderte hinüber zu Hokulani und den ‚Wissenden Frauen'. Schließlich erklärte er: „So haben wir uns heute Abend zusammengefunden, um dich, lieber Hoaloha, als ‚Mitglied in Brüderlichkeit' in unserem Volk aufzunehmen."

Unwillkürlich faltete Paul seine Hände und verbeugte sich vor dem Volk, während sich auf Lalumas Gesicht ein Lächeln breitmacht. „Diese Kette soll von nun an deine Zugehörigkeit zu unserem Volk bekunden", fuhr das Oberhaupt fort. „Jeder von uns zog soeben als Symbol für sich selbst eine Muschel auf. Füge du nun die letzte hinzu und wir alle werden miteinander verbunden sein." Mit ausgestreckten Armen stand Kelii Paul gegenüber. Von seiner linken Armbeuge baumelte die Kette herunter und auf seinem rechten Handteller lag eine grün-violett schimmernde Muschel. Beides reichte er ihm. Dabei senkte er bedächtig seinen Kopf.

Auch Paul nickte ehrerbietig, als er stumm die Muschel entgegennahm. Behutsam fädelte er sie ein. Kelii verknotete die Enden der Schnur, sprach einen Segenswunsch und legte seinem neuen Gefährten die Kette mit den geweihten Muscheln um den Hals. „Hiermit gilt unser Bund in Brüderlichkeit als besiegelt. Alle Sterne am Himmel sollen Zeuge dafür sein!", verkündete das Oberhaupt laut und dabei streckte Kelii seine Hände weit ausgebreitet nach oben, so als wolle er das Firmament umschließen.

Schließlich erfasste er Pauls Schultern, zog ihn behutsam an sich heran und küsste ihn auf die Stirn. „Wir begrüßen dich, Hoaloha, als Ehrenmitglied in unserem Volk."

Mit diesen Worten Keliis war die Aufnahme Pauls in das liebende Volk vollzogen. Seine neuen Brüder und Schwestern klatschten begeistert in die Hände und jubelten: „Willkommen in unserer Familie, Hoaloha, willkommen!"

Pauls Körper wurde von einer Welle der Rührung durchströmt. In immer größer werdenden Kreisen breiteten sie sich aus, aus seinem Innersten bis in sein Äußerstes, wo sich, wie auf Geheiß, feinste Härchen auf seiner Haut aufrichteten und es war ihm, als würde sein Körper von einer zarten Feder berührt. Tränen füllten seine Augen. Er schluckte.

Ein dritter Trommelwirbel hallte durch das Tal. Nachtruhende Vögel schreckten auf und flatterten kreischend aus den Baumkronen davon.

„Ihr lieben Gefährten, lasst uns nun das Mahl mit unserem neuen Bruder teilen." Mit diesen Worten beendete Kelii den offiziellen Teil der Zeremonie.

So ließen sich alle um den alten Baumstamm herum nieder. In den darauf folgenden Stunden speisten, sangen und lachten sie.

Tief in der Nacht, als die Feier allmählich ihren Ausklang fand, erhob sich Kelii unvermittelt aus der Menge. In jeder Hand hielt er eine Bambushälfte, die er dreimal heftig aneinanderschlug und mit dem so hervorgerufenen Klang bat er abermals um das Gehör seiner Gefährten.

„Meine lieben Brüder und Schwestern, gerade durften wir einen neu gewonnenen Bruder in die Arme schließen und doch müssen wir ihn schon bald wieder in die Fremde ziehen lassen", ließ er das Volk wissen.

Ein Raunen wallte über den Dorfplatz und unversehens wurde es wieder still im Tal.

Alle horchten auf und tauschten fragende Blicke.

„Unser lieber Hoaloha fand bei uns den Seelenfrieden, den er zuvor so schmerzlich vermisst hatte. Nun drängt es ihn erneut hinaus in die Welt, um seine Erkenntnisse sowie sein großartiges Glücksgefühl mit allen Menschen zu teilen. Er ist begierig darauf, den Völkern die Werte der Menschlichkeit in Erinnerung zu rufen, die bereits ihre Ahnen hoch achteten, die bei deren Nachkommen jedoch über die Generationen hinweg in Vergessenheit gerieten."

Lalumas Gesicht wurde starr bei diesen Worten Keliis. Vor Schreck ließ sie ihren Becher mit dem roten Beerensaft zu Boden fallen. Er rollte hinüber zu Hokulani, die ihn aufhob und Laluma reichte. Dabei legte sie ihre runzelige Hand beruhigend auf die ihres Mädchens.

Paul war dieser Vorfall nicht verborgen geblieben. Er lief zu Laluma, ergriff ihre Hände und kniete auf dem staubigen Boden vor ihr nieder. Laluma wich zurück, doch

Paul ließ nicht locker. Er sah in ihre geröteten Augen und versicherte ihr mit einem beschwörenden Blick: „Glaube mir, Laluma, die ganze Welt habe ich bei meiner Suche nach einem heilen Ort bereist. Ich besuchte die großen Metropolen dieser Erde, ich begab mich in die kleinen Dörfer weit im Inneren der Landstriche und ich befragte die Menschen dort, wo sie zusammen kamen, an ihren Arbeitsstätten, in den Akademien und sogar in ihren Gotteshäusern. Aber nirgendwo wurde ich fündig, am wenigsten dort, wo Geld und Macht regierten. Aller Illusionen beraubt gab ich schließlich mein Vorhaben auf und beschloss voller Enttäuschung, mich auf die Heimreise zu begeben. Zuvor jedoch drängte meine geschundene Seele nach Heilung und ich bestieg ein Schiff, das Kurs auf ein paradiesisches Eiland nehmen sollte. So versprachen sie es am Kai. Einige Steinwürfe von eurer Insel entfernt ließ die Besatzung den Anker hinunter und fuhr uns mit Booten an Land. Am Strand brieten sie Fische und alle verlebten den Tag in Leichtigkeit, Harmonie und Freude. Am Abend kehrten meine Reisegefährten wieder zum Schiff zurück. Ich jedoch blieb hier, denn meine

Vision von einer unversehrten Welt war nun doch noch Wirklichkeit geworden. Dies spürte ich bereits, als ich meinen Fuß zum ersten Mal auf eure Insel setzte. Wie vom Duft der Ohiabaumblüten fühlte ich mich von einer wohligen Wärme umhüllt und mir war, als rieselte ein göttlicher Zauber auf mich nieder. Meine Seele tanzte vor Freude. Nun endlich hatte ich sie zum Pulsschlag ihres Sehnens geführt."

Pauls Hände zitterten und Laluma spürte, wie ergriffen er war.

„Bei euch fand ich, wonach ich in der ganzen Welt vergeblich Ausschau gehalten hatte", führte er weiter aus und dabei wandte er sich an das gesamte Volk. „Ihr braucht nicht zu sprechen, damit man eure Sprache versteht. Ihr müsst lediglich so sein, wie ihr seit Beginn der Zeit schon immer gewesen seid. Eure Sprache ist so klar und rein wie ein Bach, der aus dem Boden entspringt. Ganz natürlich strömt sie in ihrer Urform aus euch heraus. Sie breitet sich aus wie die Ringe auf dem Wasserspiegel eines ruhenden Sees, nachdem man einen Stein hineingeworfen hat. Ihr macht keinen Unterschied zwischen den Menschen und meidet niemanden. Ihr offenbart euch jedem und all jene, die euch Einlass in ihr Herz gewähren, dürfen eure Liebe in unbegrenztem Maße in sich aufnehmen."

„Ich habe Mühe, den Sinn deiner Worte zu verstehen, Paul. Was ist so außergewöhnlich an unserem Verhalten?"

„Ich spreche von der Liebe, Laluma. Der ehrlichen, bedingungslosen, immer währenden Liebe. Sie kennt keinen Anfang und sie kennt kein Ende. Ihre Quelle ist unerschöpflich. Niemals wird sie zur Neige gehen und niemals wird sie versiegen. Ihr seid die Hüter dieses göttlichen Schatzes und weder alles Geld noch alles Gold dieser Erde vermögen selbst den kleinsten Funken eurer Liebe aufzuwiegen. Die Liebe seid ihr und sie zeigt sich durch euch. Diese Liebe drängt es mich nun, in die Welt hinauszutragen, denn nur sie vermag, die gequälten Seelen der Menschheit zu heilen, und nur sie wird es schaffen, wieder Licht ins Dunkel zu bringen."

So als habe sie gerade etwas Wundersames vernommen, starrte Laluma Paul einige Atemzüge lang schweigend an. Schließlich hob sie langsam ihre Hand, um sanft über seine Wange zu streicheln. Tief blickten sie einander in die Augen und es schien, als seien sie in diesem Moment zu einer Einheit verschmolzen.

Kelii bereitete der Stille ein Ende, indem er das Wort ein weiteres Mal an seine Gefährten richtete. „Paul trat mit einem Gesuch an uns heran. Es ist sein inniger Wunsch, von Laluma begleitet und bei dieser hehren Aufgabe von ihr unterstützt zu werden. Nur sie könne die Menschen leibhaftig ein Leben in Liebe lehren, so glaubt er. Der ,Rat der Weisen' und die ,Wissenden Frauen' haben sich eingehend mit Pauls Anliegen befasst. Nun wollen wir das Ergebnis ihrer Beratungen verkünden.

Laluma horchte auf. Mit weit aufgerissenen Augen hing sie an Keliis Lippen und auch Paul hielt den Atem an.

„Deine hohe Meinung von unserer Art zu sein ehrt uns aufs Höchste, Paul, und dein

Vorhaben deuten wir als Würdigung unserer Wertvorstellungen. Du genießt unser Vertrauen und es ist auch unser Begehren, zum Wohle aller Menschen beizutragen. So soll dir das Geleit Lalumas zugebilligt werden."

Mit einem langen, lauten Seufzer atmete Paul aus. Die Anspannung wich aus seinem Körper.

Nun richtete das Oberhaupt seinen Blick auf Laluma. Mit ruhiger Stimme sprach Kelii auf sie ein. „Dieses Unterfangen ist von großer Tragweite und es birgt ein Wagnis. So soll die endgültige Entscheidung von dir selbst getroffen werden, Laluma. Hierfür wollen wir dir drei Tage Bedenkzeit gewähren."

Laluma sprang auf. Ohne zu zögern beteuerte sie: „Es bedarf keiner Überlegung, lieber Kelii. Auserwählt zu sein begreife ich als eine Auszeichnung für mich und ich möchte Paul von Herzen gerne beistehen."

Das Oberhaupt nickte lächelnd, als habe es diese Reaktion Lalumas erwartet. „Von

Anbeginn ihres Seins an ist Laluma zu einem höheren Auftrag berufen gewesen. Dessen waren wir uns stets bewusst. In der Nacht ihrer Geburt strahlte ein Stern hell und immer heller am Himmel, bis er sich plötzlich von seinem Fleck in der Formation der Gestirne löste und blitzschnell in die Tiefe des Dunkels eintauchte. Daraufhin überschlugen sich die Wellen draußen im Meer und die Vögel hoch oben in den Bäumen begannen zu jubilieren, so als bliesen sie die Muscheltrompeten zur Begrüßung einer Königin."

Laluma blickte zu Boden. Nach einem Moment der Einkehr sagte sie: „Ich habe große Ehrfurcht vor dem Auftrag, der mir zuteilwurde, und ich gelobe, mit voller Hingabe alles zu geben, was in meiner Macht steht, um die Menschen wieder zurück zu ihrer Glückseligkeit zu führen."

Paul legte seine Hand in die Lalumas und sprach ihr Mut zu. „Ich bin voller Vertrauen und Zuversicht, Laluma. Unsere Liebe zueinander wird eine Brücke über alle Hindernisse schlagen und sollte deine Kraft irgendwann einmal erschöpft sein, so gedenken wir des Wasserfalls, an dem du dich jederzeit mit dem reinen Ursprung verbinden und unter dem du stets die Energie des Göttlichen in dich aufnehmen kannst. So lass uns nun aufbrechen, denn wir haben keine Zeit zu verlieren. Weit draußen auf dem Meer im Osten des Horizontes sah ich gestern ein Schiff auf uns zukommen. In wenigen Stunden wird es vor der Insel vor Anker gehen und die Reisenden werden in Scharen den Strand belagern, wie es schon so oft geschehen ist. Wir werden uns zu ihnen gesellen und wenn sie zur Abenddämmerung die Insel wieder verlassen, werden wir uns gemeinsam mit ihnen auf das Schiff begeben. Im nächsten Hafen gehen wir an Land und von dort aus werden wir unsere Mission antreten. Zunächst werden die meisten Menschen voller Misstrauen sein. Doch alles wird sich zum Guten wenden, wenn sie erst einmal gewahr werden, wie wohltuend und Glück bringend ein Leben in Güte, Mitgefühl und Liebe ist."

Laluma lächelte zustimmend. „So soll es sein, Paul. Nun endlich weiß ich, was meine eigentliche Bestimmung ist, und es beglückt mich immens, diesem Ruf gemeinsam mit dir folgen zu dürfen."

In diesem Moment sah sie einen hellen Stern durch den dunklen Nachthimmel schnellen. Schmunzelnd blickte sie hinauf und, für die anderen kaum hörbar, flüsterte sie: „Habt Dank für euer Zeichen. Es ist mir ein Symbol dafür, auf dem rechten Weg zu sein."

Kelii ergriff Pauls rechte und Lalumas linke Hand und führte ihre Handflächen aneinander. „So wie eure Hände sollt ihr immer zueinanderstehen und einander stets eine Stütze sein. Nun geht, meine Lieben, und erfüllt eure Aufgabe, so wie es im Plan des ‚großen Ganzen' geschrieben steht. Laluma, möge sich deine Seelengüte über die fremden Völker ergießen, um sie zu Liebe und Menschlichkeit zu bekehren, und Paul, mögest du Laluma zu jeder Zeit beschützen. Gelobe uns, sie wieder zu uns nach Hause zu führen. Sie ist eine Tochter unseres Volkes und unsere große Familie bleibt nur dann in Harmonie miteinander verbunden, wenn wir all unsere Kinder immer wieder in die Arme schließen dürfen." Damit entließ Kelii seine beiden Gefährten aus der Feierlichkeit.

Nachdem sie sich mit einer innigen Umarmung von all ihren Brüdern und Schwestern verabschiedet hatten, begaben sich Paul und Laluma auf den Weg zum Strand. Hier wollten sie auf das Einlaufen des Schiffes warten.

Awiwi jaulte laut auf und wollte ihnen folgen. Nur mühsam konnte Maleko die Hündin zurückhalten.

Wehmütig blickten Lalumas Brüder und Schwestern den beiden hinterher, bis sie hinter der Biegung des Weges aus ihrem Blickfeld verschwanden.

„Eine Bestimmung wurde schon zu Beginn allen Seins unserem Volk zuteil, meine lieben Gefährten", ließ Kelii schließlich verlauten. „Diese Erkenntnis hielt sich bereits bei unseren Ahnen über die Epochen hinweg aufrecht. All die Zeit wussten wir nicht, was unsere Berufung sei. Doch nun ist unsere Stunde gekommen. Das Rätsel ist gelöst. Denn jetzt sind wir gewahr, es sind der Zauber dieses Ortes und die Liebe unseres Volkes, woran es der Welt fern unserer Insel mangelt. Unsere Vorhersehung besteht darin, diese Liebe den fremden Völkern zu vermitteln und sie mit allen Menschen zu teilen. So lassen wir unsere geliebte Laluma hinausziehen, um unserem göttlichen Auftrag Folge zu leisten. Sie ist eine tapfere Frau und sie wird eine begnadete Botschafterin unseres Volkes sein. Mögen das Glück und die Liebe stets an ihrer Seite weilen. So lasst uns jetzt ein Gebet für sie sprechen und von nun an jeden Morgen an ihrer statt eine Muschel aus dem Meer holen."

„So soll es sein", riefen alle im Chor.

Aus Hokulanis Augen quollen dicke Tränen. Viele Monde lang würde sie nun ohne das Geleit Ihrer geliebten Seelengefährtin auskommen müssen. Doch sie war sich gewiss, ihre Gedanken würden immer bei Laluma sein und ihre Seele würde über all die Zeit und über alle Entfernungen hinweg Hand in Hand mit der Lalumas gehen.

Zeitfracht Medien GmbH
Ferdinand-Jühlke-Straße 7
99095 Erfurt, Deutschland
produktsicherheit@kolibri360.de